AF402170

ORAISON FUNEBRE

DE MADAME ANNE MARIE MARTINOZZI PRINCESSE DE CONTY.

Prononcée en l'Eglise de saint André des Arts, le 26. Avril 1672.

Par Messire GABRIEL DE ROQVETTE *Evesque d'Autun.*

A PARIS,

Chez GUILLAUME DESPREZ, ruë Saint Jacques, à Saint Prosper.

M. DC. LXXII.

AVEC PRIVILEGE DV ROY.

ORAISON FUNEBRE
DE MADAME
ANNE MARIE
MARTINOZZI
PRINCESSE DE CONTY.

Omne quod dat mihi Pater ad me veniet.
Joan. 6.
Tout ce que mon Pere me donne viendra à
moy. *En saint Iean chap.* 6.

ONSEIGNEVR,   M. le Prince.

Comment accorderons nous dans cette
action les mouvemens de la nature, & les

sentimens de la Foy ? Les uns nous demandent des larmes, & les autres des benedictions & des Cantiques d'actions de grace : & s'il est impossible à la nature de n'estre pas saisie de douleur à la vûe de cet appareil funebre, & de ces tristes marques de la perte que toute la France vient de faire, de Tres-haute, & Tres-puissante Princesse, ANNE MARIE MARTINOZZI PRINCESSE DE CONTY : il n'est pas moins impossible à la Foy de retenir les mouvemens de sa joye dans la vûe des graces extraordinaires, dont cette Princesse a esté comblée, & des recompenses que nous devons croire que Dieu luy a preparées dans le Ciel.

Ouy, Grande Princesse, nous benissons l'heureux moment qui vous a mise en possession de la gloire que vos vertus vous ont acquise ; mais nous ne sçaurions penser que vous en joüissez, sans penser que nous vous avons perduë : & quand nous cherchons à nous consoler dans le souvenir de vos recompenses, c'est la grandeur même de ces recompenses qui nous marque encore plus sensiblement la grandeur de la perte que nous avons faite. Laissez-nous donc méler nos larmes à nostre joye, souffrez que nos interests & les

voſtres partagent nos ſentimens , & ne deſa-
prouvez pas un partage ſi juſte, puiſque nous
vous donnons tous les mouvemens de noſtre
joye , & que nos larmes ne ſont que pour
nous.

Que cette Princeſſe n'ait donc nulle part à
celles que nous verſons ſur ces cendres ; c'eſt-
là ce que la Foy nous deffend. Mais elle ne
nous deffend pas de nous pleurer nous-meſ-
mes ; c'eſt elle, au contraire, qui nous y porte,
puiſqu'enfin nous avons perdu la mere des
pauvres , le recours des affligez , le modele
des meres Chreſtiennes , l'exemple de tout le
monde.

Voila la juſte cauſe de nos larmes. Ces mêmes treſors de grace & de ſainteté qui ont
fait le ſujet de noſtre joye , pendant que le
Ciel nous a laiſſé cette Illuſtre Princeſſe , font
maintenant le ſujet de noſtre douleur : &
comme ils ont diſtingué d'une maniere ſi excellente les reſpects que nous luy avons ren-
duës pendant ſa vie , de ceux que l'on rend
d'ordinaire aux perſonnes de ſa qualité , ils
diſtinguent encore les honneurs que nous luy
rendons aprés ſa mort.

Si le deſir qu'elle a eu de s'humilier , mêmes
juſqu'au tombeau , à banni en ſes Funerailles

A iij

ces riches marques de deüil, & ces ceremonies pompeuſes qui luy feroient duës, ſelon les loix du monde, la ſainteté de ſa vie a laiſſé dans nos cœurs des impreſſions de reſpeĉt, qui ſont bien au deſſus de tout ce qu'on a pû inventer pour honorer la memoire des perſonnes de ſon rang.

Que la foibleſſe humaine reſerve ce vain éclat pour ceux qui n'ont pû s'élever au deſſus des vertus humaines ; qu'elle honore le menſonge par le menſonge, & la vanité par la vanité ; mais qu'elle laiſſe à la verité le ſoin d'honorer ceux qui luy appartiennent, il n'y à qu'elle ſeule qui le puiſſe faire dignement. C'eſt la verité qui a ſanĉtifié cette Princeſſe, ſelon l'expreſſion de l'Evangile, *ſanĉtificati in veritate*, c'eſt elle qui la éclairée, & qui la enrichie des treſors du Ciel ; & c'eſt elle encore qui doit honorer ſa memoire, & faire ſon Eloge aprés ſa mort.

Ainſi nous ne ferons que preſter à la verité nos expreſſions & nos paroles ; & bien loin de craindre que nos loüanges n'aillent au delà de la verité ; nous ne ſommes en peine, au contraire, que d'égaler la verité par nos loüanges, & d'en trouver qui répondent à ce qu'un ſi grand ſujet demande de nous.

Donnons donc à la memoire de cette Illuſtre Princeſſe, tout ce que la veneration que nous conſervons pour elle nous inſpire, puiſque la verité nous en ſollicite, & que c'eſt honorer JESUS-CHRIST que de publier dans ſes Elûs les merveilles de ſa grace. Il ſemble même que ce ſoit la ſeule gloire qu'il demande de nous. Et l'Ecriture nous aprend qu'il ne paroiſtra au dernier jour à la vûe des hommes & des Anges, que pour eſtre glorifié dans ſes Saints, & ſe faire admirer dans ceux qui auront crû en luy. *Cum venerit glorificari in ſanctis ſuis, & admirabilis fieri in omnibus qui crediderunt.*

Tel eſt le privilege des juſtes, que leur gloire eſt celle de Dieu même, & que bien loin que la mort la détruiſe comme la fauſſe gloire des pecheurs, c'eſt la mort même qui l'a rend immortelle, & qui l'aſſure à jamais.

Venez donc Grands de la terre, qui cherchez la gloire où elle n'eſt pas, venez vous deſabuſer icy, venez aprendre de cette incomparable Princeſſe, quel eſt le chemin qui conduit à la veritable gloire, & reconnoiſſez enfin, que JESUS-CHRIST en eſt l'unique diſpenſateur, & qu'elle n'eſt que pour ceux qui luy ayant eſté donnez par ſon Pere viendront à luy.

Omne quod dat mihi Pater ad me veniet.

Voila ce qui nous marque le plan que nous devons ſuivre dans l'Eloge de cette Princeſſe. Nous ne la regarderons que par les yeux de la foy, & nous ne ſçaurions rien faire de plus glorieux pour elle, que de faire voir dans toute la ſuite de ſa vie la main de Dieu la conduiſant á JESUS-CHRIST.

Car de quelques evenemens que ſoit diverſifiée la vie des Elûs, & dans quelques routes qu'ils s'engagent, avant mêmes qu'ils connoiſſent JESUS-CHRIST, c'eſt toûjours la main de Dieu qui les conduit, & cette main toute puiſſante, par des voyes inconnuës & impenetrables à l'intelligence des hommes, ſe ſert mêmes de l'égarement de leur cœur pour les faire arriver au point où la grace les attend, & où la carriere de ſainteté qui leur a eſté marquée s'ouvrant enfin à leurs yeux, ils s'élancent ou l'impetuoſité de cette grace les porte pour atteindre JESUS-CHRIST. *Omne quod dat mihi Pater ad me veniet.*

Ce ſont les deux eſtats où nous conſidererons cette Princeſſe. Nous la verrons dans les premieres années de ſa vie, marchant ſans le ſçavoir, ſous les ordres d'une Providence ſecrete, vers ce terme bienheureux, où les

treſors

treſors de la grace ſe devoient ouvrir pour elle. Et enſuite nous la verrons entrant elle-même dans les deſſeins de Dieu, s'élever de vertu en vertu juſqu'à ce haut degré de perfection où elle avoit eſté appellée.

Suivons donc les merveilles de la conduite de Dieu ſur cette heureuſe Princeſſe; & pour en découvrir les premiers traits, rappellez icy, Meſſieurs, le ſouvenir de tant de grands évenemens dont vous avez eſté témoins, & qui ont ſi vainement exercé les raiſonnemens des prudens du ſiecle. Car ce n'eſt ny le hazard, ny le bonheur des conjonctures, ny l'eſtat des affaires, ny l'induſtrie & l'habileté, ny la rencontre des intereſts, ny aucune autre de ces cauſes, où la vûe bornée des hommes s'arreſte, qui l'ont placée où nous l'avons vûe; une main inviſible a fait mouvoir tous ces reſſorts, pour acomplir ſur elle les deſſeins de ſa Predeſtination eternelle.

Elle eſtoit deſtinée non ſeulement pour eſtre l'Epouſe d'Armand de Bourbon, mais pour devenir la digne Compagne de ſon incomparable pieté, & pour ſervir à toute la France d'un modele achevé de toutes les vertus Chrétiennes. Mais combien de choſes eſtoient neceſſaires pour faire reüſſir un deſfein fi éloigné ? & qui n'admirera par quelles avantures Dieu raffemble dans le temps, ce que fes confeils eternels avoient uny avant tous les fiecles ?

Il falloit pour cela qu'un Cardinal né en Italie, vint occuper la premiere place dans ce Royaume, & que fon élevation extraordinaire, donnant un grand éclat à la nobleffe d'une famille qui luy eftoit alliée, elle fe trouvât en eftat d'entrer non feulement dans l'alliance des plus Grands Princes: mais encore dans celle d'un Prince du fang Royal de la plus Augufte Maifon du monde.

Qui le croiroit, Meffieurs ? Sont-ce-là des fondemens convenables à l'édifice que Dieu avoit deffein de bâtir? Sont-ce-là des preparatifs de grace & de fainteté ? Eft-ce donc là, Seigneur, le chemin que vous faites tenir à vos Elûs pour les amener à Jesus-Christ? Qui ne vous méconnoiftroit dans une conduite fi furprenante ? Et pouvons nous regarder une profperité fi fubite & fi exceffive, que comme une marque de voftre colere fur ceux que vous portez tout d'un coup à une fortune fi élevée, & fi capable de vous faire oublier par les ames mêmes qui feroient le plus à vous?

Il eſt vray, Meſſieurs , & nous ne devons
pas croire pour cela que les grandeurs ayent
changé de nature ; elles feront toûjours pour
tous les hommes une mer turbulente & ora-
geuſe, dont l'agitation enyvre , & étourdit
ceux qui s'y trouvent expoſez , & fait éva-
noüir toute leur ſageſſe , ſelon la parolle du
Prophete , *Turbati ſunt , & moti ſunt ſicut
ebrius, & omnis ſapientia eorum devorata eſt.*

Mais cette même mer qui engloutit les Egy-
ptiens, laiſſe paſſer les Iſraëlites à pied ſec : aux
uns elle ſert de tombeau , & aux autres de
paſſage pour arriver à la terre promiſe. Tous
chemins ſont ſeurs à qui à Dieu pour condu-
cteur , & JESUS-CHRIST pour terme, *Omne
quod dat mihi Pater ad me veniet.*

Elles arriveront ces ames Bien-heureuſes à la
gloire qui leur eſt deſtinée , quoy que leur
voye ſoit pleine de pieges & de precipices , &
qu'il en tombe à tout moment mille & dix
mille à leurs coſtez. On les verra mêmes pour
un temps éblouïes & trompées par la beauté
des fleurs qui leur cachent le danger de ces
routes égarées , y marcher avec auſſi peu de
precaution & de crainte que les enfans du
ſiecle. Et ce qu'il y a d'admirable, c'eſt que cet
enchantement paſſager fait partie de l'ordre

de leur Prédeſtination, & qu'il ſert à les conduire au chemin de la lumiere & de la vie, comme il jette les autres dans les tenebres & les ombres de la mort.

Ne vous eſtonnez donc pas, ſi noſtre Princeſſe ſe preſte, & ſe donne mêmes toute entiere à ſa bonne fortune. Laiſſez-là prendre conſeil de la jeuneſſe & de l'ambition ; il faut que l'ambition même & la jeuneſſe travaillent à l'œuvre de la grace. Ces guides inconſiderées luy eſtoient neceſſaires pour l'engager dans le païs affreux par où ſon chemin eſtoit marqué, & pour luy en cacher les horreurs & les precipices.

La rencontre de ces deux perſonnes qui eſtoient appellées à la participation d'une même grace, & qui devoient eſtre ſanctifiées l'une par l'autre, ne ſe pouvoit faire que dans cette terre infidele & prophane qui n'eſt point arouſée des eaux de la grace, *In terrâ deſertâ, in viâ & inaquoſâ.* Il faut donc que Dieu les y laiſſe errer quelque-temps au gré de leurs deſirs, & c'eſt un effet de la miſericorde de celuy qui s'eſt reſervé la connoiſſance des momens, de ne les en avoir pas plûtoſt retirez.

Nous le voyons maintenant, Meſſieurs, & nous en beniſſons la bonté infinie de Dieu. Si

les tresors de sa grace avoient esté plûtost ouverts pour l'un des deux, peut-estre auroient-
ils esté eternellement fermez pour l'autre. Il
estoit donc necessaire que sa main toûjours
misericordieuse envers ses Elûs, soit qu'elle
acorde, ou qu'elle refuse, qu'elle avance ou
qu'elle differe, suspendit en faveur de l'une de
ces deux ames choisies les graces qu'elle avoit
destinées à l'autre, & que pour faire misericorde à toutes deux, elle les laissât toutes
deux enfermées pour quelque-temps dans
cette sorte d'infidelité que l'amour du monde
entretient parmy les fideles mêmes. *Conclusit
enim Deus omnia in incredulitate ut omnium
misereatur.*

O profondeur de la sagesse de Dieu, que
vos voyes sont incomprehensibles ! Qu'est-ce
qui a produit l'union de ces deux personnes, & qui a formé cet heureux lien qui est
devenu pour eux une source de tant de
benedictions ? Ne craignons point de l'a-
voüer, & ne dérobons rien au merite de la
grace; ce n'est que la vanité de leurs pensées:
c'est à dire dans l'un le dessein de profiter du
credit de celuy qui pouvoit tout dans l'estat,
& dans l'autre le desir de monter à l'élevation
prodigieuse dont la fortune luy ouvroit le

chemin. Ainſi ce mariage qui devoit eſtre ſi
ſaint dans la ſuite, n'a eſté dans ſon commen-
cement que l'effet de l'ambition. Aveugle, mais
heureuſe ambition qui a rencontré les treſors
du Ciel en pourſuivant les avantages de la
terre! Tant il eſt vray que tout tourne en bien
aux Elûs, & qu'il n'y a point de chemin qui
ne mene à JESUS-CHRIST ceux que ſon Pere
luy a donnez, *Omne quod dat mihi Pater ad
me veniet.*

Les voila donc ſous cet heureux joug qui
les doit faire paſſer ſous celuy de JESUS-CHRIST;
ils ſe reſſentent déja des aproches de la grace;
l'union de leurs cœurs acheve de luy preparer
les voyes, & produit entr'eux la paix qui en
eſt comme l'avantcouriere, *Factus eſt in pace
locus ejus*, comme la paix de toute la terre
preceda & marqua autrefois la naiſſance de
JESUS-CHRIST.

Auſſi n'y eut-il jamais d'eſprit plus propre à
entretenir cette heureuſe paix, que celuy de
cette Princeſſe. Egalement inflexible & éclairée
dans ſes devoirs, & touchée du merite du
Prince ſon Epoux, autant que perſuadée de ce
qu'elle luy devoit, elle alloit par la ſeule pan-
te de ſon cœur au delà de tout ce que peuvent
l'art & l'eſtude; & ajoûtant aux excellentes

qualitez de fa perfonne le merite d'une conduite fi fage, & fi reguliere; elle poffeda bien-
toft dans le cœur de cet Illuftre Prince, la
place qui luy eftoit dûe.

Vous fçavez, Meffieurs, ce qu'elle eftoit
alors, vous vous fouvenez de l'avoir vûe dans
cet eftat où la nature & la fortune avoient
affemblé tout ce qu'il y a de plus heureux, &
en même-temps de plus dangereux & de plus
gliffant, tenir le droit chemin parmy des routes fi difficiles, & fans fe laiffer ébloüir, marcher d'un pas ferme & invariable à ce que la
plus fcrupuleufe vertu luy pouvoit prefcrire.

Mais n'eft-ce point nous éloigner de la regle
que nous nous fommes propofez, & ne cef-
fons nous point de regarder cette Princeffe
par les yeux de la foy, quand nous faifons
entrer dans fon Eloge ces dons & ces avanta-
ger naturels dont le monde fait des vertus,
mais qui peuvent eftre le partage des pecheurs, auffi bien que des juftes?

Non, Meffieurs, l'ufage prophane que la
corruption naturelle fait de ces dons ne leur
doit rien ofter de leur prix, & bien loin que
la foy le diminuë, c'eft elle qui nous aprend
à les reverer dans les juftes comme des in-
ftrumens que l'efprit de Dieu confacre, &

dont il se sert pour operer des œuvres de grace & de sainteté.

Que le monde ne prenne donc nulle part à ce discours ; il s'est trompé s'il a crû autrefois qu'il y eût quelque chose qui luy appartint dans les grandes qualitez de cette Princesse. Non, non, Messieurs, il n'y avoit rien pour luy ny dans cette droiture d'esprit, qui donnoit à cette jeune Princesse un discernement si juste, ny dans cette grandeur d'ame, & cette noblesse de cœur & de sentimens qui l'élevoit au dessus de sa propre grandeur, ny enfin dans toutes ces autres qualitez qui luy attiroient l'estime & le respect de tout le monde.

Tous ces tresors estoient du domaine de la grace qui les tenoit en reserve pour en tirer les fruits que nous avons vûs. C'estoit la matiere pretieuse du sacrifice que Dieu s'estoit preparé, qui n'attendoit que le feu du Ciel pour estre embrasée, & pour répandre de toutes parts la bonne odeur de JESUS-CHRIST.

Ne craignons donc point de rappeller le souvenir des qualitez & des graces naturelles de cette Princesse, puisque la foy nous aprend à les regarder dans son ordre. Et si le monde ne peut oublier qu'il en fit autrefois un de ses principaux ornemens, s'il ne peut s'empescher

de

de jetter encore quelques regards vers des
objets dont il est si touché ; ne nous y oppo-
sons point , Messieurs. C'est icy qu'on les luy
peut laisser envisager : c'est sous les pieds de la
mort , qu'il faut les luy mettre en vûe. Qu'il
vienne les chercher dans ces cendres ; qu'il y
reconnoisse, s'il est possible, la beauté, la jeunesse , les graces du corps & de l'esprit , la
grandeur & la gloire ; & qu'il aprenne enfin
quelle est la nature des choses qui l'enchan-
tent & qui le possedent.

C'est la leçon que nous font ces tristes dé-
poüilles, & que nous feront à leur tour toutes les grandeurs & toutes les puissances de la
terre. Mais vous avez cet avantage, ô Grande
Princesse , que vostre vie nous la faite d'une
maniere bien plus excellente que vostre mort;
& qu'au lieu que la mort des Grands du monde ne nous aprend pour l'ordinaire , que ce
qu'ils ont ignoré : nous ne voyons rien dans la
vostre , que vous n'ayez parfaitement connû,
& que la sainteté de vostre vie n'ait vivement
exprimé.

Ouy, Messieurs, ce sera dans ce que je m'en
vay vous dire de la vie de cette Princesse, que
le neant des choses humaines vous paroistra
bien mieux que dans sa mort, vous allez voir

C

le monde entier aneanti dans fon cœur. Ces
phantofmes que la nuit du peché, & l'enyvre-
ment des paffions fait paffer pour des réalitez
aux yeux des enfans du fiecle, difparoiftront
dans ce cœur aux aproches du jour de la grace
dont il eft fur le point d'eftre éclairé.

Cette Divine lumiere fe répand déja dans un
autre cœur qui la doit refléchir fur celuy de
cette Princeffe, & la main du Tout-puiffant luy
fait voir dans le Prince fon Epoux, l'image du
changement qu'il alloit faire en elle, afin que
nous euffions dans l'un & dans l'autre des
exemples à jamais memorables de la force de
fa grace.

Pouvoit-elle eftre mieux marquée que dans
la converfion admirable de ce Prince ? vous
l'avez vû, Meffieurs, & vous en beniffez celuy
qui répandant fa grace avec profufion où le
peché avoit regné avec tant d'empire, a fufcité
dans ce fiecle un exemple fi rare, pour reveil-
ler les Grands de leur affoupiffement, & pour
retracer à leurs yeux l'image prefque effacée
de la pieté Chrétienne.

Mais quoy que ce modele fût pour tout le
monde, il eftoit particulierement deftiné pour
cette Princeffe, ou plûtoft elle eftoit deftinée
pour faire voir qu'un tel modele fe pouvoir

égaler. De sorte que nous pouvons dire que la
vie Chrétienne de Madame la Princesse de
Conty, a esté une excellente expression de
celle de son Illustre Epoux ; & Dieu qui vou-
loit faire éclater également dans l'un & dans
l'autre la puissance de sa grace, a encore pris
plaisir de la marquer également dans la voca-
tion de tous les deux.

Car encore qu'il n'y ait jamais rien eu que
d'irreprochable, selon les hommes, dans la vie
de cette Princesse, il est certain que Dieu a
choisi pour l'attirer à luy, le moment où son
cœur sembloit estre le plus possedé de l'esprit
du monde. C'est l'effet presque inévitable de
l'élevation & de la grandeur : mais qui n'a servi
dans nostre Princesse qu'à relever la gloire de
la grace qui devoit acomplir sa Prédestination.
Elle n'a esté portée à cette haute fortune où
nous l'avons vûë, qu'afin de rendre son sacrifice plus illustre, & que la grace de Jesus-
Christ en triomphant de son cœur, triom-
phat en même-temps de tous les faux biens
dont il estoit possedé.

Mais ce triomphe, Messieurs, n'a pas esté
sans combat, & ne pensez pas que la paix de
Jesus-Christ ait pû s'établir dans le cœur
de cette Princesse, que sur les ruines de la

fauſſe paix que la joüiſſance tranquille du monde y entretenoit.

Dieu commença d'y porter le trouble par les paroles & les exemples de ſon Epoux déja tout à luy ; & ce furent comme les premiers rayons de lumiere & de grace qui éclairerent le cœur de cette Princeſſe, & qui commencerent à la faire appercevoir de l'eſtat où elle eſtoit.

Elle eut aſſez de ſincerité pour le reconnoître : mais cette ame foible & enchaînée par les liens de l'habitude ne pouvoit rien ſur elle-même ; ſon cœur combattoit pour les biens qui luy eſtoient connûs, & qui luy ſembloient eſtre les ſeuls capables de le rendre heureux, pendant que ſa raiſon toute ſeule ſe rangeoit du coſté de la verité, & ſouſcrivoit à la condamnation de tous ceux qui refuſent de l'adorer & de la ſuivre.

C'eſt le premier uſage que la grace tira de ce principe de raiſon & d'équité naturelle avec lequel cette Princeſſe eſtoit née, & qui ſemble eſtre eſteint dans la-plûpart de ceux qui ſe diſent Chrétiens. Elle eſtoit attachée au monde, comme eux, mais elle n'eſtoit pas injuſte & déraiſonnable comme eux, & le bon ſens ne luy permettoit pas de ſe figurer

que la fin d'une vie toute mondaine, quoy
que d'ailleurs reglée & innocente, ſelon les
hommes, pût eſtre autre choſe qu'une eternelle damnation.

C'eſt d'elle-même que nous avons apris tous
ces mouvemens ſecrets qui eſtoient autant
d'effets des miſericordes de Dieu ſur elle, &
qui la diſpoſoient à la grace. Et comme ſi cette
grace n'eût plus attendu que cet aveu de ſon
impuiſſance, la paix ſucceda à tant d'agita-
tions & de combats; & enfin arriva cet heureux moment marqué avant tous les ſiecles;
ce point où ſe rapportoient comme à leur
çentre tous les divers evenemens de ſa vie,
auquel Dieu rompant ſes liens, la mit dans la
liberté de ſes enfans, & la fit paſſer de la re-
gion de tenebres au Royaume de ſon Fils
bien-aimé, à qui elle appartenoit par ſon
élection eternelle. *Omne quod dat mihi Pater
ad me veniet.*

Que ne puis-je rendre ſenſible à tous ceux
qui m'écoutent, ce qui ſe paſſa en elle à cet
heureux moment, où ſon cœur fut penetré
des lumieres de la grace? Quelle ſurpriſe,
Meſſieurs, & quel renverſement dans un
cœur qui vient d'eſtre éclairé de cette Divine
lumiere! C'eſt alors que chaque choſe reprend

sa place & sa forme naturelle , qu'on commence à appeller bien ce qui est bien & mal ce qui est mal ; & que le cœur sentant qu'il est fait pour Dieu seul ne connoist plus de biens ny de maux, que par rapport à ce qui l'en aproche ou qui l'en éloigne.

C'est ainsi que toutes choses changerent de face aux yeux de nostre Princesse , à ces yeux du cœur nouvellement éclairez , comme parle l'Apostre, *illuminatos oculos cordis*, & regardant avec ces nouveaux yeux son estat, sa fortune, les creatures , la vie du monde & la sienne propre , elle ne trouva plus que des sujets de douleur & de larmes dans ce qui faisoit auparavant son plaisir & sa joye. Et au lieu qu'elle estoit reduite il n'y à qu'un moment à prendre la loy de son cœur , & à luy demander que voulez-vous que je fasse? Ce cœur maintenant affranchi de la loy du peché demande luy-même à Dieu , *Domine quid me vis facere*, Seigneur, que vous plaist-il que je fasse?

Voila quel est l'effet de ce changement, qu'une main toute-puissante est seule capable d'operer ; Voila ce qui fait la difference des enfans du siecle, & des enfans de l'adoption. Les uns font la volonté de leur cœur & de leurs pensées , & font des enfans de colere ;

les autres eſtant morts au peché par la vertu
de la Croix de JESUS-CHRIST, ce ne ſont
plus les deſirs du ſiecle , mais la volonté de
Dieu qui regle ce qui leur reſte de vie. C'eſt
ce que nous allons voir dans ces années de grace & de benediction qui ont ſi heureuſement
achevé celle de noſtre Princeſſe.

QVoy que la volonté de Dieu ſoit la regle
commune de tous les juſtes, & que toute
leur juſtice ne conſiſte même qu'à l'aimer &
à la ſuivre; nous pouvons dire neanmoins que
la grace ſpeciale & le caractere particulier de
cette incomparable Princeſſe, a eſté un amour
ardent & une connoiſſance intime & profonde de la volonté de Dieu. Elle a vû juſques
où va ce que nous devons à Dieu , & ce que
ſa ſainteté infinie demande de nous; (car voila
ce que c'eſt que la volonté de Dieu ,) & cette
vûe qui comprend tous les devoirs de Religion, & qui eſt comme le nœud , & le centre
de toutes les regles de la vie Chreſtienne, don-
na d'abord à ſa pieté cette forme & ce caractere de droiture & de verité que l'on ne trouve preſque plus , & qui eſt ſi éloigné de la
fauſſe pieté de ces derniers temps.

Car d'où pensez-vous, Messieurs, que soit venu ce phantôme de devotion qui est aujourd'huy si commun, cette Religion vaine & frivole comme parle l'Ecriture, *vana Religio*, qui s'est fait des maximes d'erreur pour acommoder l'Evangile avec les passions, ce culte tout judaïque qui donne à Dieu quelques exercices exterieurs, & qui laisse vivre au dedans les desirs & les affections du siecle ? C'est que l'on ne connoist point ce que l'on doit à Dieu ; on ne connoist point ce qui convient à un Dieu si saint, ny quelle est la pureté du culte qu'il demande de nous, & que Jesus-Christ est venu établir sur la terre. En un mot on ne connoist point cette volonté toute sainte que le grand Apostre appelle, *Voluntas Dei bona beneplacens & perfecta*, & on ne la connoist point parce qu'on ne l'aime point, & que cette source eternelle de justice & de verité ne se découvre qu'à ceux qui l'aiment.

Que ceux qui marchent dans des voyes d'illusion & d'erreur ne s'en prennent donc qu'à eux-mêmes, ce n'est que leur cœur qui les trompe, & le mensonge ne les éblouït que parce qu'il se trouve propre à établir cette fausse paix que cherche dans l'alliance de Dieu & du monde une ame qui n'est ébranlée que

par

par quelque mouvement de crainte , mais qui n'a nul amour sincere pour la justice & pour la verité.

Cette Divine lumiere ne luit que pour les justes,& ne donne la paix & la veritable joye qu'à ceux qui ont le cœur droit, *Lux orta est justo & rectis corde latitia.*

Ceux-là ne prennent point l'erreur pour la verité, ils font à l'épreuve de toutes les maximes corrompuës des faux Docteurs, & comme dit excellemment le Pape saint Leon , ils trouvent dans leur propre droiture tout ce qui nous est prescrit par l'autorité des Apôtres , & par les regles de l'Eglise. *Verus recti amor in se habet & Apostolicas autoritates , & Canonicas sanctiones.*

Tel a esté le cœur de nostre Princesse, dés le moment que Dieu la renouvelée par sa verité. Cette Divine lumiere devint dés ce moment sa vie & sa nourriture, mais une nourriture tellement propre qu'elle n'a jamais rien pû goûter que la verité la plus exacte, & que ny les inclinations de la jeunesse, ny les pretextes de la bien-seance, ny les loix de la grandeur, ny le bien & la fortune des Princes ses enfans ne luy ont jamais fait recevoir le moindre adoucissement à ce que la verité demandoit d'elle.

D

Aussi n'a-t'elle jamais esté chercher les avis dont elle a eu besoin , que dans les sources les plus pures, cette même rectitude de cœur qui luy donnoit tant d'amour pour la verité, la conduite où elle la pouvoit trouver. Car la soif de la justice & de la verité ne fait pas seulement desirer les eaux de la saine doctrine, elle fait qu'on les trouve, & qu'on les dicerne sans se méprendre des eaux qui coulent de la source empoisonnée des inventions humaines.

Mais que la maniere dont son cœur s'ouvroit à ces salutaires eaux, marquoit bien la droiture du principe qui les luy faisoit chercher! Ce qu'on à tant de peine à faire comprendre à ceux mêmes qui sont touchez de quelque desir de se donner à Dieu ; ces regles si pures & si saintes , mais qui prononcent d'une maniere si dure à la cupidité , sur ce qui regarde la possession legitime aussi bien que l'employ des richesses , & sur l'usage des honneurs & des plaisirs , tout cela sembloit estre né dans son cœur ; on y trouvoit ce qu'on y pensoit mettre , & cette bien-heureuse terre produisoit par la seule vertu de la grace dont elle avoit esté arosée , tout ce qu'on en auroit pû attendre aprés beaucoup de soin & de culture.

De sorte qu'on peut dire que c'est plûtost par soumission que par besoin, qu'elle a eu recours aux lumieres des autres dans les resolutions qu'elle avoit à prendre, & que si elles luy ont esté necessaires, ça esté pour moderer ce qu'elle auroit fait en suivant les siennes propres, & que la haute idée qu'elle avoit de la grandeur de Dieu, luy faisoit paroistre encore si fort au dessous de ce qui luy est dû. C'est cette connoissance si vive & si profonde qui avoit placé Dieu dans son cœur au dessus de toutes choses, & qui luy a fait regarder sa sainte volonté, non comme une regle où l'on ne doive avoir recours que dans les actions principales, mais comme la loy eternelle qui doit gouverner toute la suite de la vie, & dont on ne peut cesser de dépendre un seul moment, sans sortir de l'ordre, hors duquel il n'y à rien que d'injuste.

Ainsi ayant toûjours cette Divine regle devant les yeux, & ne cessant jamais de la consulter & de la suivre, sans écouter aucun mouvement humain, l'humeur & les inclinations naturelles se trouverent enfin tellement éteintes dans cette admirable Princesse, qu'elle estoit preste à tous les momens de sa vie, de preferer Dieu à tout ce qui luy estoit de plus cher selon la nature. Et dans les occasions où

il falloit prendre party, elle n'hesitoit jamais
un moment, il sembloit mêmes qu'elle ne
combattoit plus, & qu'elle ne prenoit rien sur
elle, & Dieu avoit tellement dilaté son cœur
pour la faire non seulement courir, mais vo-
ler dans la voye de ses Commandemens,
qu'elle s'y portoit avec la même ardeur, & la
même joye que les autres se portent à satisfai-
re leurs passions.

Je pourrois en demeurer là, Messieurs, & il
me suffiroit de vous avoir marqué cette disposition du cœur de nostre Princesse, & de vous
avoir découvert cette source d'œuvres de justice & de sainteté. Vous voyez toutes ces sui-
tes dans le principe, suivez ce que cette idée
vous découvre, & vous ferez la vie de cette
Illustre Princesse: Mais quoy que les fruits ne
surprennent plus quand on connoist la nature
& l'excellence de l'arbre, ceux-cy sont trop
pretieux pour ne les pas recuëillir.

Voyons donc dans ce qui a paru de la vie
de cette Princesse, ce que nous venons de voir
dans le secret de son cœur. De quelque costé
que nous la puissions regarder, nous trouve-
rons la marque & le caractere de celuy à qui
elle appartenoit. Rien n'a esté excepté de l'empire souverain qu'il avoit sur elle, & le Pere

en donnant à son Fils, cette Illustre Princesse, luy avoit aussi donné sa jeunesse, sa grandeur, ses richesses : tout cela devoit plier sous le joug de JESUS-CHRIST. *Omne quod dat mihi Pater ad me veniet.*

Aussi a-t'il souverainement regné sur tout cela, sa jeunesse n'a servi qu'à faire voir qu'une Princesse peut estre jeune & Chrestienne tout ensemble, & qu'en JESUS-CHRIST il n'y a non plus de distinction d'âge que de sexe & de profession. *Omnia in omnibus Christus.*

Cet âge qui bien loin de suivre les loix de la pieté ne connoist pas le plus souvent celles de la raison, c'est celuy que Dieu a choisi pour amener cette Princesse à JESUS-CHRIST, qui par un miracle de sa grace nous l'a fait voir à l'âge de dix-neuf ans, ne sçachant plus ce que c'est que de parure & de soin d'elle-même, de bals, de comedies, de promenades de plaisir, ne cherchant plus que la mortification, la retraite & la priere, & n'estant plus occupées que des œuvres de justice & de charité.

Il n'en faut pas davantage, ô mon Sauveur, pour voir que toute puissance vous a esté donnée au Ciel & sur la terre, & qu'y a-t'il de capable de s'opposer au triomphe de vostre grace, aprés qu'elle a domté ce qu'il y a de plus indomtable , & qu'elle a triomphé du plaisir au plus fort de la jeunesse ?

Ajoustons , Messieurs, au milieu de la grandeur qui rend encore & la jeunesse & le plaisir plus indomtable, mais qui n'a servi dans nôtre Princesse qu'à faire voir que quiconque connoist la grandeur de Dieu ne sçauroit estre grand à ses propres yeux, à quelque degré d'élevation qu'il se trouve ; que toutes distinctions se perdent & s'aneantissent dans cet abysme infiny de grandeur & de majesté; que l'enflure, le faste, & l'injustice, qui acompagnent d'ordinaire la grandeur , sont des vices des Grands , & non pas de la grandeur même ; que la patience, la douceur, & la modestie qui semblent n'estre le partage que des pauvres & des foibles peuvent compâtir avec la grandeur dans ceux qui connoissent Jesus-Christ doux & humble de cœur ; Et qu'enfin la grandeur dans un Chrestien doit estre toute pour Jesus-Christ, & qu'elle ne doit servir qu'à le faire honorer, & à reprimer l'injustice & la violence.

Quand ces saintes regles ne nous seroient pas connûes par les principes de la Religion que nous professons, la vie de cette Princesse nous les auroit aprises ; car la vie des justes

presche ce qu'ils pratiquent, & la loy de Dieu
est écrite dans leurs actions aussi bien que dans
leur cœur. Elles servent de voix & de langue
à la sagesse eternelle , & c'est par là que l'on
peut dire avec l'Ecriture , qu'elle crie dans les
places publiques , *Sapientia foris clamitat.*

Que les Grands qui sont si peu acoûtumez
à l'aller consulter dans les livres Saints , où
elle a renfermé ses oracles , entendent donc
au moins cette voix qu'elle fait retentir à leurs
oreilles ; qu'ils aprennent de cette Illustre Princesse à n'estre grands que pour Dieu , comme
elle l'avoit apris de JESUS-CHRIST , qui n'a
fait servir sa propre gloire qu'à procurer celle
de son Pere.

Car encore que JESUS-CHRIST soit le modele de tout le monde , il est particulierement
celuy des Grands , l'usage qu'il a fait de sa
grandeur veritable & eternelle , leur marque
celuy qu'ils doivent faire de leur grandeur
empruntée & passagere , & ne leur permet pas
de la regarder autrement que comme un
moyen qu'il leur a mis en main pour travailler plus efficacement à procurer le salut de
tous ceux qu'il leur a soûmis.

C'est ainsi que nostre Princesse a regardé la
grandeur , & c'est ce qui luy a fait employer

avec une fidelité incroyable tout ce que la charité a de force & d'induftrie pour arrefter le mal , & pour établir le bien dans tous les lieux qui dépendoient d'elle.

Bien loin de vendre fon autorité à ceux qui devoient rendre la juftice dans fes terres, elle l'a rachetoit à quelque prix que ce fût des mains de ceux qui auroient efté capables d'en abufer, pour ne la confier qu'à des perfonnes fûres & fideles , qui puffent cooperer à fes pieux deffeins , & faire la guerre au vice & à l'injuftice.

Mais comme l'obligation de veiller fur ceux qui nous font foûmis , regarde particulierement les domeftiques , felon faint Paul , c'eft où noftre Princeffe a principalement fignalé fon zele : Car la vie des domeftiques rend un témoignage fidele de ceux à qui ils appartiennent. On ne s'y fçauroit tromper , & quelque apparence de pieté qui paroiffe dans tous le refte , c'eft par là qu'il faut juger fi elle eft fincere , puifque la veritable pieté n'eft non plus capable de fouffrir le mal que de le faire, & qu'il faut que tout ce qui a liaifon avec elle fuive le mouvement qui la porte vers Dieu, ou que la liaifon fe rompe.

C'eft ce qui a fait que cette Princeffe n'a pû

agréer

agréer les ſervices que de ceux qui faiſoient profeſſion de ſervir Dieu. Elle a crû ne pouvoir trouver de veritable fidelité que dans ceux qui en avoient pour le Souverain Maître, & à l'exemple du ſaint Roy David, elle les a cherchez de toutes parts pour en compoſer ſa maiſon. *Oculi mei ad fideles terræ ut ſedeant mecum.* Mais elle ne s'eſt pas contentée de les choiſir tels, elle a eu ſoin de les faire avancer dans la voye de Dieu par cet ordre admirable qu'elle avoit établi dans ſa maiſon par tant d'inſtructions publiques & particulieres, par tant d'exercices de pieté, & plus encore par ſon exemple qui leur eſtoit une leçon vivante & perpetuelle, & qui la leur faiſoit voir autant au deſſus d'eux par ſes vertus, qu'elle y eſtoit par ſon rang & par ſa qualité.

Voila à quoy noſtre Princeſſe a fait ſervir ſa grandeur : Et ſes richeſſes, Meſſieurs, à quoy ont elles ſervi? Je n'ay rien à vous aprendre ſur ce ſujet, vous en ſçavez plus que je ne vous en ſçaurois dire, & ſi quelqu'un le pouvoit ignorer, qu'il le demande à ces fideles Miniſtres des membres de JESUS-CHRIST, qui conſacrent tous leurs ſoins à les faire ſubſiſter dans cette grande ville; Qu'il le demande à tant de milliers d'ames de Languedoc, de

Guyenne, de Provence, de Normandie, du
Berry, du Blaifois, du Limofin, de Picardie,
de la Touraine & de tant d'autres Provinces
à qui les aumônes de cette Princeffe ont fauvé
la vie dans des années de difette, & dont les
cris font maintenant les plus illuftres éloges
de fa charité ; Qu'il le demande à tant de
Chreftiens qu'elle a rachetez des mains des
Barbares ; Qu'il le demande aux Sauvages du
nouveau monde, & aux Idolatres du Ton-
quin & de la Cochinchine convertis à la foy
par les Miffions qu'elle a foûtenuës; car fa charité n'a point eu d'autres bornes que les extré-
mitez de la terre. Elle a paffé d'Europe en
Affrique ; elle a efté dans les cachots de Thu-
nis & d'Alger tirer les Efclaves de leurs fers, &
de-là jufques dans le fond de l'Amerique & de
l'Orient, délivrer d'une captivité encore plus
dure & plus déplorable ces peuples abandon-
nez depuis tant de fiecles à la puiffance des tenebres.

Qu'il le demande enfin à tous les miferables
dont les gemiffemens ont pû arriver jufqu'à
elle, car ils n'y font jamais arrivez fans effet,
& ce cœur acoûtumé à dicerner la voix de
Jesus-Christ dans celle des pauvres, n'a
jamais efté fermé à aucune neceffité ny publi-

que ny particuliere qui luy ayt esté connuë. Et
quelle necessité luy pouvoit estre inconnûe ?
Ne l'a t'on pas vûe aller de fauxbourg en
fauxbourg dans ces trous , où la honte & la
maladie tiennent tant de miseres cachées, chercher au milieu de ce qu'il y a de plus contraire
à la delicatesse des sens ces pauvres abandon-
nez. C'est là qu'elle n'avoit que Dieu seul pour
témoin des profusions de sa charité. Mais si
elle nous a derobé celles-là , il y en a qu'elle
n'a pû nous cacher. Et quand il a fallu soû-
tenir l'Hôpital General prest à tomber , sauver
de la faim des peuples entiers dans les Provinces , faire passer ses liberalitez dans l'Asie &
dans l'Affrique, elle n'a pû éviter les yeux des
hommes , & nous trouvons sur les memoires
qui nous en sont restez , plus de neuf cens mil
livres distribuées en peu d'années.

Vous diray-je d'où elle a pris une partie de
ce fond-là ? Vous le sçavez , Messieurs , &
quelque soin qu'elle prist de se cacher quand
elle vendit tout d'un coup tout ce qu'elle avoit
de pierreries pour assister les pauvres dans une
necessité publique, Dieu n'a pas permis qu'un
exemple si rare & si necessaire dans ce siecle,
demeurât enseveli dans les tenebres , dont
l'humilité de cette Princesse auroit voulu le
couvrir.   E ij

Il eſtoit de la gloire de la grace, que l'on vit qu'elle regnoit ſans reſerve ſur tout ce qui appartenoit à cette Illuſtre Princeſſe, & que cet empire abſolu commençât mêmes de s'exercer & de paroiſtre ſur ces ornemens inutiles que la vanité luy diſpute par tout ailleurs, où qui ſont au moins les derniers qu'elle abandonne. Ils furent reconnûs, quoy que déguiſez, au lieu où ils avoient paru tant de fois, & Dieu le permit comme pour faire faire une reſtitution publique aux membres de Jesus-Christ, de ce que le faſte & le luxe leur avoient derobé juſqu'alors.

C'eſt ainſi que noſtre Princeſſe en jugeoit, elle regardoit toutes les ſuperfluitez comme autant de larcins que l'on fait aux pauvres, & c'eſt ce qui l'a rendoit avare pour ainſi dire envers elle-même autant qu'elle eſtoit liberale & magnifique envers eux. Elle trouvoit toûjours de l'excés dans tout ce qui ne regardoit que ſa perſonne, dans ſes meubles, dans ſes habits, dans ſa table, dans ſon équipage, quelque ſimplicité ou elle ſe fut reduite, elle cherchoit ſans ceſſe dans tout cela, s'il n'y avoit point encore quelque choſe qui appartint à ſes freres, ou plûtoſt à Jesus-Christ même; car ſa foy le luy faiſoit voir dans les pauvres.

Il estoit aisé de le juger par le respect avec lequel elle les servoit dans les Hôpitaux. C'est-là qu'il a paru combien sa foy estoit vive, & quelque industrie qu'elle eût à se cacher, on luy a vû rendre à ces images de Jesus-Christ ce que la presence sensible de ce Divin Sauveur luy auroit pû faire rendre à sa propre personne.

Que ce souvenir est cher à la pieté de ceux qui l'ont vûe dans ces saints exercices ; mais qu'il est douloureux à un Evéque qui a dans son Diocese le fameux Hôpital de Sainte Reine, où elle les a tant de fois pratiquez, & qui se voit maintenant privé des secours qu'il trouvoit dans les liberalitez de cette Princesse, pour la subsistance de cette foule de pauvres malades qui y abordent de toutes parts jusqu'à plus de soixante mille tous les ans.

Où sera desormais ô mon Dieu, le recours de ces pauvres affligez ? Ils n'en ont plus d'autre que vous-même ? *Tibi derelictus est pauper,* vous leur avez osté leur mere, ne refusez pas d'estre leur pere & leur protecteur, & faites que les larmes de tant de personnes affligées obtiennent de vous des graces qui amolissent le cœur des riches, & qui les rendent les imitateurs de la charité de cette Princesse.

E iij

Ils ne fçauroient jamais fe propofer un plus digne modele, non feulement par la profufion avec laquelle elle a donné, mais par fa prudence à difcerner les vrais befoins felon les regles de la charité qui n'ecoûte ny les mouvemens de la compaffion, ny l'inclination naturelle fur le choix de ceux qu'elle doit fecourir, mais qui court ou la mifere eft la plus grande, parce que la tentation y eft la plus forte, & que dans le foulagement des miferes temporelles, elle n'a que le falut en veuë, & ne cherche qu'à conduire ceux qu'elle affifte à celuy qui eft fon unique fin.

C'eft ce qu'enferme cette fidelité que l'Evangile demande dans un parfait difpenfateur, & qu'il nous donne pour marque affurée de celle qu'on aura à s'aquiter des devoirs les plus importans de la vie Chrétienne. *Qui fidelis eft in minimo, & in majori fidelis eft.*

Que devons-nous donc attendre de cette Princeffe dans la premiere de fes obligations, dans ce devoir capital d'où faint Paul fait dépendre le falut des meres Chrétiennes? Et fi fa charité a tant fait pour les pauvres, pour fes domeftiques, pour fes fujets, que ne fera t'elle point pour les Princes fes enfans?

Aprenez icy, Meffieurs, ce que c'eft que

d'aimer Chrétiennement , aprenez-le d'une mere en qui la grace, en confervant tout ce que cette qualité peut donner de tendre pour ceux qu'on a mis au monde, avoit efteint tout ce qu'elle peut laiffer de foible & de dereglé.

Elle fçavoit que Dieu ne luy avoit donné les Princes fes enfans, qu'afin qu'elle les donnât à JESUS-CHRIST , & qu'elle travaillât à le faire naiftre en eux , & c'eft ce qui la tenoit dans une vigilance & une follicitude continuelle qui pouvoit luy faire dire fans ceffe avec faint Paul dans les tranfports de fa tendreffe toute fainte, *Filioli quos iterum parturio donec formetur in vobis Chriftus.* Mes chers enfans pour qui je reffentiray toûjours les douleurs de l'enfantement, jufqu'à ce que JESUS-CHRIST foit formé dans vos cœurs ; que puis-je faire pour l'y faire naiftre , où plûtoft pour l'y conferver & pour y faire croiftre la grace dont il vous a fcellez à voftre Batême? C'eft ce qu'elle demandoit fans ceffe à Dieu, à elle-même, & à tout ce qu'elle connoiffoit de perfonnes éclairées , ne croyant jamais faire affez dans une chofe qu'elle regardoit comme la plus importante affaire qu'elle eût au monde.

Cependant que ne faifoit elle point , & quelle exactitude à jamais aproché de celle qu’elle avoit , foit à choifir & éprouver ceux qu’elle mettoit auprés de ces jeunes Princes, foit à éloigner tout ce qui pouvoit fervir d’armes au Demon pour attaquer leur innocence, foit à menager toutes les occafions , & tous les moyens de leur imprimer le bien , & de jetter dans leur cœur quelque femence de vie. Car outre les inftruétions reglées & ordinaires par lefquelles on leur apprenoit ce que c’eft que d’eftre Chrétien , on difpofoit de telle forte tout ce qui fe paffoit autour d’eux , que non feulement il n’y eût rien qui pût les porter au mal , mais qu’ils y trouvaffent toûjours quelque chofe dont ils puffent profiter.

Ainfi l’on peut dire que la conduite de cette Princeffe envers ces jeunes Princes, eftoit une imitation de celle de Dieu envers les hommes, & comme il a fait de toute la nature un tableau de fes grandeurs qui les leur annonce fans ceffe, en forte que de quelque cofté qu’ils fe tournent , ils ne trouvent rien qui ne leur parle de leur Createur ; de mêmes elle avoit fait de toute fa maifon , un livre de vie toûjours ouvert pour ces jeunes Princes, où ils ne pûffent rien trouver qui ne leur parlât de Dieu, & qui ne leur aprît à le connoiftre.

Mais fçachant que ce n’eft rien que de planter

ter

ter & d'arrofer, elle fe tournoit fans ceffe vers
celuy qui feul eft capable de donner l'acroif-
fement, & par des foupirs ardans imploroit
fes benedictions fur ces ames innocentes.

Puiffent des foupirs fi tendres & fi Chrétiens
eftre à jamais prefens au Dieu qui les a formez,
& tenir les trefors de fa mifericorde toûjours
ouverts pour ces jeunes Princes ; Puiffe-t'il
eftre leur Dieu & de toute leur pofterité,
comme il a efté le Dieu de leurs peres, & faire
fructifier ce germe de vie qu'il a fait paffer en
eux par une éducation fi Chrétienne.

On en voit déja des effets fenfibles, & toute
la Cour a efté furprife de trouver dans ces
jeunes Princes tant d'efprit, & de fageffe, &
tant d'autres qualitez qu'on ne peut accorder
avec leur âge, & par lefquelles on ne les a
pas jugé moins dignes que par leur naiffance,
de l'honneur que le Roy leur a fait de vouloir
qu'ils fuffent élevez auprés d'un Prince qui eft
l'objet le plus tendre de fon affection, & la
feconde efperance de ce grand Royaume.

Que fi vous me demandez, Meffieurs, quel
a efté le principe de cette tendreffe fi Chrétienne de noftre Princeffe, pour les Princes
fes enfans, & ce qui les luy a fait aimer de
cette forte: Voyez de quelle maniere elle s'eft

F

aimée elle-même ; car l'amour qu'on a pour
ſes enfans , eſt toûjours de même nature que
celuy qu'on a pour ſoy , & l'on ne ſçauroit
rechercher pour eux que les biens que l'on
recherche pour ſoy-même.

Noſtre Princeſſe n'a donc eſté capable de
travailler à la ſanctification des ſiens , qu'autant qu'elle a travaillé à la ſienne propre.
Voila la ſource de tout le bien qu'elle a fait,
elle a répandu à proportion de ſa plenitude,
& tant de richeſſes qui ſont ſorties du treſor
de ſon cœur , ſont des preuves de l'aplication
qu'elle a euë à le remplir & à faire profiter les
talens de la grace. *Bonus homo de bono theſauro*
cordis ſui profert bona.

Que ne puis-je, Meſſieurs, l'a faire icy parler
elle-même , & que n'ay-je le temps de vous
raporter les propres termes par où elle expri-
moit les diſpoſitions de ſon cœur dans les let-
tres qu'elle écrivoit à des perſonnes de qui elle
prenoit conſeil , où dans des memoires qui
ſervoient à luy rendre ſes ſaintes reſolutions
plus preſentes , & qui luy eſtoient comme autant de nouveaux engagemens de ce qu'elle
devoit à Dieu.

Vous y verriez , Meſſieurs , cette Illuſtre
Princeſſe telle que le Saint Roy David ſe repre-

sente par ces admirables paroles : *Meditabar nocte cum corde meo, & exercitabar & scopebam spiritum meum.* Vous l'y verriez aussi bien que ce Saint Prophete, dévelopant les replis les plus cachez de son cœur , & luy demandant compte de ses mouvemens les plus secrets avec toute la severité d'une ame qui sçait ce que c'est que d'adorer Dieu en esprit & en verité, & combien il faut de pureté pour luy plaire; Vous l'y verriez chercher & suivre jusqu'aux racines les plus imperceptibles de la cupidité; Vous l'y verriez enfin travaillant avec une fidelité inviolable à profiter de tout pour s'avancer vers Dieu , biens & maux , repos & travail , santé & maladie , & à achever d'éteindre en elle-même tout ce qui n'estoit pas de luy pour ne plus vivre que par son esprit.

C'est à quoy luy servoient principalement les maux dont il plaisoit à Dieu de l'exercer , & qui estoient presque continuels: Car il n'y avoit rien de plus fragile que le vase où Dieu avoit renfermé tant de tresors. Nous ne le voyons que trop, Messieurs , mais souvenons-nous que cette Princesse estoit à Jesus-Christ & non pas à nous, nous ne l'avions que par emprunt, & si ses infirmitez ont acourci le temps, que nous l'aurions possedée , elles ont infiniment relevé le prix du bonheur que nous avons eu de la posseder, puisqu'elles ont donné à ses vertus leur derniere perfection.

C'est ainsi que les maux changent de nature pour les Saints, & ceux qui ont connû la disposition de cette grande ame, n'ont garde de trouver étrange qu'elle n'ait pas pris pour des maux les frequentes maladies que Dieu luy envoyoit, & qui l'a mettoient presque toûjours aux portes de la mort. Car comment est-ce que soûpirant sans cesse vers la celeste patrie, elle auroit pû regarder autrement que comme un bien ce qui sembloit à tout moment luy en devoir ouvrir l'entrée. Ainsi bien loin que l'extrémité de ses maux affoiblit sa patience, elle avoit d'autant plus de patience & de joye à souffrir, que ses maux estoient extrémes, & qu'ils luy faisoient voir sa recompense plus proche.

Entrons donc, Messieurs, dans les sentimens & dans les interests de cette Illustre Princesse, & que la vûë de la gloire dont elle est en possession, fasse au moins sur nous ce que la seule esperance a fait sur elle. Fortifions nous par cette pensée pour envisager enfin le coup fatal dont nous avions esté tant de fois menacez. Souvenons-nous que la vie des justes ne se mesure point par le nombre de leurs jours, mais par celuy de leurs vertus, & de leurs œuvres, & que si un Payen a dit qu'à quelque âge que l'on meure, si on a atteint la sagesse on a toûjours beaucoup vescu, il seroit honteux à des Chrestiens d'appeller courte la vie de ceux qui ont atteint la justice & la sainteté. C'est le but qui nous est proposé dans cette penible carriere. Quiconque y est arrivé doit sortir de la lyce , & n'a plus qu'à recevoir le prix de sa course. Ceux-là n'appartiennent plus à la terre , & selon cette regle , bien loin de nous plaindre que le Ciel nous ayt si-tost ravi cette Illustre Princesse, ne devons nous pas luy rendre grace de n'avoir pas plûtost usé de son droit sur elle? Si ce precieux fruit avoit esté cuëilli dés qu'il a esté meur , combien y a-t'il que nous en serions privez , & combien aurions-nous perdu de grands exemples ? Que manque t'il à ceux qu'elle nous a laissez ? si ce n'est peut-estre ceux qu'elle nous auroit donnez si elle s'estoit vûë mourir, & que nous eussions eu la consolation de recuëillir les derniers mouvemens de cette ame preste à quitter la terre, & à s'aller joindre pour jamais à son Createur ?

Mais pouvez-vous les ignorer, Messieurs ,

& qu'auriez-vous pû trouver dans sa mort
que ce que vous avez vû dans sa vie ? Ne
confondez point cette Princesse avec ceux
dont il faut attendre les dernieres paroles,
pour y trouver quelque trace de foy & de
verité, & qui ne commencent à connoistre
l'eternité, que lors qu'elle est sur le point de
s'ouvrir pour eux. Si vous voulez sçavoir ce
que cette vûë produit dans ceux qui en sont
le plus vivement frapez, rapellez ce que vous
venez de voir de la vie, & des dispositions du
cœur de cette Princesse. Rien ne sçauroit vous
faire mieux concevoir quels sont les sentimens
de ceux qui ne voyent plus rien entre eux &
l'eternité.

C'est ce qu'on a pû dire de cette Princesse,
dés le moment que la grace a éclairé les yeux
de son cœur, & au lieu que ce qui est renfermé
dans ce petit nombre de jours, qui fait la du-
rée de cette miserable vie arreste & apesantit
tellement les yeux du commun des hommes,
qu'ils ne voyent rien de ce qui est au delà, les
siens découvrant dés ce moment ces espaces
infinis, tout ce qui estoit entre deux disparut
pour elle, chaque jour de ce qui s'est écoulé
depuis luy a paru comme le dernier, & son
estat n'a plus esté que celuy d'une ame arivée

au point où le temps finit , & où l'eternité commence. Mais ça esté avec cette difference que la vûë de l'eternité ne produit d'ordinaire que l'horreur & le defefpoir dans ceux à qui elle ne fe découvre qu'au moment qu'il faut partir , & qu'elle a produit dans cette Princeffe, tout ce qu'on voudroit avoir fait quand on eft à ce terrible moment.

Voila à quoy fe reduit tout le fruit qu'on peut tirer des dernieres difpofitions des mourans, n'avons nous donc pas efté abondamment recompenfez de ce que nous pourrions croire avoir perdu, par la maniere dont il a plû à Dieu d'apeller à luy cette incomparable Princeffe , puifque nous avons vû dans toute la fuite de fa vie, tout ce que nous aurions pû fouhaiter de voir & d'aprendre dans fa mort?

Ne croyez pas neanmoins, Meffieurs , que cette mort fi precieufe devant Dieu, ayt efté fans inftruction pour nous. Si cette Princeffe n'a pû nous parler dans fes derniers momens, fon eftat nous a parlé pour elle , où plûtoft Dieu même nous a parlé par cet eftat, & en l'expofant à la vûë de tout le monde pendant vingt-huit heures , ayant déja perdu tout ce qu'on peut perdre par la mort , biens , honneurs , grandeurs , enfans , amis , fecours &

confolations humaines, dépoüillée de tout,
hors du feul fruit de fes bonnes œuvres, il ne
nous a pas feulement fait voir la vanité & le
neant de toutes les chofes qui paffent, il nous
a encore remis devant les yeux de la maniere
du monde la plus vive & la plus fenfible, tout
ce que la vie de cette Princeffe nous a apris
de plus important.

Si cette vie ne vous a pas encore fait affez
concevoir ce que c'eft que de ne prendre nulle
part à ce qui fe paffe fur la terre, & d'y eftre
comme fi on n'y eftoit point, jettez les yeux
fur cette Princeffe, dans l'eftat où Dieu nous
l'a fait voir, & où, quoy qu'elle refpiraft encore, tout eftoit déja mort pour elle.

Trifte mais fidelle peinture d'une vie fi Chrétienne & fi fainte, que vous nous exprimez
bien le détachement de cette ame, qui n'a
vefcu que pour Dieu, & que l'idée que vous
nous renouvelez de cette feparation de toutes
les chofes de la terre, où elle a confervé fon
cœur nous imprime de refpect pour une fi
fainte vie.

Vous en avez reçu le facrifice, ô mon Sauveur, il a efté confommé par la mort, &
quelque douloureux qu'il nous foit, nous re-
connoiffons qu'il vous eftoit dû, & que le
Pere

Pere vous ayant donné cette ame choisie, il falloit enfin qu'elle se reünit à vous pour jamais. Mais souvenez-vous, ô mon Sauveur, que vous l'aviez aussi donnée à la terre comme un gage de vostre amour, & que vous ne l'y avez fait voir dans une condition si élevée qu'afin que l'odeur de ses vertus & de ses exemples se répandit d'autant plus, & qu'ils devinssent pour nous une source de benedictions & de vie. Nous les voyons Seigneur, & ils ne s'effaceront jamais de la memoire de ceux qui en ont esté témoins, mais ils n'auront de force sur nous que celle que vous leur donnerez par la vertu de vostre esprit. Animez-les donc de cette force toute Divine, c'est ce que nous attendons de vostre misericorde par le merite du sacrifice adorable qui va estre offert pour cette Princesse, puisque l'union que la charité conserve entre tous les membres de vostre sacré Corps, & que la mort même ne sçauroit rompre, rend utiles aux vivans, les Prieres qu'on vous offre pour les morts.

Que ce soit, ô mon Dieu, le fruit des honneurs que nous rendons à cette Princesse, où plûtost mettez vous par là en estat de luy en rendre qui soyent dignes d'elle ; car nous ne sçaurions l'honorer dignement qu'autant que

G

nous participerons à fes vertus, comme on ne fçauroit vous rendre de culte qui vous plaife & qui foit digne de vous, qu'autant que l'on participe à voftre efprit.

FIN.

Extrait du Privilege du Roy.

PAr grace & Privilege du Roy, donné à faint Germain en Laye, le premier jour de May 1671. Signé par le Roy en fon Confeil, DE MAISSAC, & fcellé. Il eft permis à GUILLAUME DESPREZ, Marchand Libraire à Paris, d'imprimer ou faire imprimer, vendre & debiter en tous les lieux de noftre obeïffance, l'*Oraifon Funebre de Madame la Princeffe de Conty*, prononcée à faint André des Arts par M. l'Evefque d'Autun : durant le temps de cinq ans, avec deffenfes à tous Libraires, Imprimeurs ou autres de l'imprimer, à peine de trois mille livres d'amende, & de tous dépens, dommages & interefts, ainfi qu'il eft plus au long porté par ledit Privilege.

Regiftré fur le Regiftre de la Communauté des Marchands Libraires, fuivant les Arrefts du Parlement & du Confeil, le 9. May 1671. Signé, THIERRY, Sindic.

Achevée d'imprimer le 16. Juillet 1671.